Akiko Smith

交差点

幻冬舎 MC

交差点

装　　　丁　松山はるみ
組　　　版　落合雅之
編集協力　青龍堂

目次

ひびき

一章　私の想い　7
息／寝顔／沈丁花／今　光る　あなたに／あぜ道／君／毎日／発見／食物連鎖／鉄仙／木漏れ日／霜柱／雪／舌
ビラメ／空の上で／鈍感／仲間／中種子の海／風／透明人間／どこまでもプラトニック／朝七時／桜

二章　チビへの想い　33
チビ1／チビ2／チビ3

三章　ニガイ想い　37
想い／顔／アルバイト／心療内科1／心療内科2／心療内科3／他人事／奨学金／電車の中で／垣根／風／年上
の人／もう一人の私／良心／味方／マーサ・スタウト／そして

四章　彼らへの想い　59
漱石様1／漱石様2／手紙／憐れみ／陥欠のない社会／俊太郎様／両替

五章　家族への想い　69
トタン屋根／ももの言葉／あなたに／拝啓　弟へ／母／父／セラピスト／記憶／誕生日／最期

六章　あの頃への想い　85
夕立ち／あじさい／花模様／郵便配達員／変化／ある日／大事なこと

あとがき　95

ひびき

私が　話したことで
私が　書いたことで
どれだけの人が　ほほえんでくれたんだろう

だけど
私が　しゃべったことで
私が　記《しる》したことで
どれだけの人を　傷つけてしまったんだろう

それを思うと
誰とも　会えなくなり
何も　書けなくなってしまう
話す必要のない所へ　行って
何もしないで　自然と向きあっていると

少しずつ　少しずつだけど
話したい　とか
書きたい　とか
思えるように　なってくる

一章　私の想い

息

生暖《なま》かいが　やはり凍《い》てつく冬の到来
土の中でじっと　うずくまる幼虫たち
凍《こお》れる池に佇《たたず》む人の　息の白さと　緊張感
それでも　きちんと芽吹いた　水仙の茎
あなたに　気づいて　ほしい
寒さの中から　暖かさを
厳しさで包む　やさしさを
くやしさの後の　信念を
そして苦しさを　のりこえた　一つの道を
今　一番　あなたに　気づいてほしい

寝顔

木枯らしの吹く夜　あなたは何を夢みて
ほほえむのかしら
すこやかな寝顔で　私をやさしくする
子供たち　あなた達の何倍も　生きてきたのに
何でも　知っているはずなのに
かなわない時が　ある
土の暖かさや　虫たちの息づかい
風の冷たさ　ほんとうに　わかっているのは　あなた達かもしれない
忘れてしまった　私達を　ゆさぶりおこして　ほしい時がある

沈丁花

沈丁花《ちんちょうげ》の　ツーンとした薫《かお》りが　漂《ただよ》う
霧の中　見わたせど　目に入らず　が
春の囁《ささや》きのように　心がときめいてくる
小学生の頃　作った　手製のポストは
自転車の　軋《きし》む音を　待ち
ポストに入る郵便物の　ストン　という音に　胸がおどった　日々……
あのポストの横に　この沈丁花が咲いていていた
はにかむ　幼い私を笑うかのように
この花は　知っていたのだろうか
十年後　二十年後　三十年後の　私の
心の移り変わりを

今　光る　あなたに

歩き始めた　あなたの足
しゃべり　はじめた　あなたの口元
悩みはじめた　あなたの目
怒りはじめた　あなたの背中
そして　立ち止まる　あなたの握《にぎ》り拳《こぶし》
振り返る　あなたの顔
涙　光る　あなたの頬には
きっと　それを　乗り越える　笑顔を　ひめている

あぜ道

鉢植えの花々が　並んでいる
出窓のある家が　美しいと思っていました
高い石垣に囲まれた　しゃれた洋館が
うらやましいと　考えていました
しかし　この頃　少し疑問に思うんです
住んでいる人は　外から眺める風景と同じ位　素敵な　人なのかしらと
あぜ道に　しっかりと根付いたタンポポの花

濃紫のすみれの　おしゃべりは
無報酬に　やさしさを　私たちに
与えてくれ　穏やかさを　創り出し
失った信頼を　取り戻して　ひとつの夢を　運んでくれます

君

つくしを　見つけて
誇らしげに　差し出す
子供らの手は
きのうと　今日と　明日をつなぐ
命の証《あかし》のようだ

毎日

この頃　思うこと
誠実に　生きるってことは
たぶん　教科書通りに　進むことではないし
又、教科書通りに　いかないことだと思う
私が　大事にしているものは
コンパスや定規では　描けない
あなたの心　あなたの眼差《まなざ》し
まれに　きれいなメロディに　なる時もあるが
現実は　五線譜の上を　行ったり　来たりして
奇妙な　不協和音を　くり返してる　毎日だ
そうした　私を　あなたは　どう思うか
否という答えも　承認のサインも
今の私を　満足させない

発見

誰だって　好きな人には
沢山の調味料かけちゃうよ　仕事だとはいえ
自分の力の範囲で　がんばるさ
私情を入れていけない？　人間だから入っちゃう
ほんとに好きなら
その人のせいでもない
夫のせいでもない
いつも求めていた想いのせい
連鎖の頂点に立つ理由を
それを　知っている人を　探し求めていた自分がいた
悩み続けることは　唯一人間にしか　できないことだから
そういう人を　少しでも多くしてゆくこと
先人達は　作品を通して唱えている
沢山の動物・植物を犠牲に　生きているヒトが
時々　思い出してみること　ヒトが　連鎖の頂点に立つ　所以《ゆえん》を

食物連鎖

十才の時　学校で習った食物連鎖
顔を上げて　父にたずねた
小さい生き物が　それより大きい動物の生きるために
殺して食べて　自分達の生存を維持していくこと
順ぐりと　そしてその頂点に立つのが
人間であると
人間は　自分より大きいものでも
頭を使って捕《とら》え　食料にすることができる
だから　人間は一番偉いのだと
十才の私は　父の解答に不満を感じた
年を重ね　何のためにその特権が与えられたのかわからないのが
不満の原因とわかった
誰かに聞くより　自分で見つけなくてはと
年令ごとに　答を探した
結婚して　子供が大きくなり

十才になったら　きっと聞いてくる
どういうことって　答えられるか不安だった
けど　どの子も私には問いかけなかった
私はまだ終わっていない
私が出した解答を　確認したいと思う人が　あらわれた時
私は　十才の私に戻って
たずねたいと思っている

鉄仙

朝露にぬれた　瑠璃《るり》色のこの花は
なんと気高く　雄々《おお》しいのだろうか
人を寄せ付けない　奥深い　美しさは
とても　かなわない
手の届きそうな所にいるのに
近づいてみると
いつも遠く離れて　いるというような
女とか　男とか　そういうものを超えた
何かに　似ていて……

木漏れ日

雲のすき間から　漏れる　ひとすじの光
どこに届いて　いるのかしら
あなたの膝の上に
しわだらけの手の中に
寝入った　赤子の頬に
私の　いかつい肩に
そして　路地裏の水仙の鉢の中に

霜柱

盛り上がった　霜柱を　ザクッと
踏みつけて
道端の薄氷を　バリッと割って
濡れてしまった　靴　なんて平気で
学校の通学路を　楽しんだ
子供にとっての　秘かな破壊への快感
だったように思う
一時間目が始まる前の　準備体操だった
確かに　この行事がなされた後の授業は
よく頭に入った
三十年も前のことだが

雪

しんしんとした　早朝の冷え込みの中で
改めて思う　四季の営み
人に与えられた　沢山の恵みの中で
尊い緊張感と　厳しい自然の現実
悲しいことに　じっくり考える時間を
今の私達は　奪われて　しまったけれど
それでも　時折　気づかせてくれる
空からの贈り物に　感謝の気持ちだけは
忘れたくないものだ

舌ビラメ

まな板の上で　ゆっくりと呼吸する　舌ビラメ
包丁が　腹わたを引き裂いても
鱗《うろこ》を　ごしごし　こさがれても
真二つに　体ごと切った後でさえ
生きているんだとばかりに　片身の分際で
動き回る
ここまでしても　生《せい》を訴え
こうして　生きているものを　人間は
調理する
しょうゆで煮たった鍋の中でも
勢いよく　海老ぞりになって　主張した魚は
ガスの加熱で　ついに　動かなくなった
食物連鎖の頂点に立つ人間
そんなに　エライのか　ヒトは

空の上で

私に足らないもの
嫉妬　憎悪　怒り　悲しみ
人生の中盤で　それらの感情も
身につけた
やっと　一人前になれたわけ
だけど　これからは
一枚　一枚　はがしていこう
そうして　やっぱ　残しておきたいものだけ
はりつけて
身軽になって　白い雲の上で
寝ころびたい

鈍感

知り合った時から　ずうっと
会わなくなってからも　ずうっと
見ていてくれた　気がする
全然　気づかなかったけど
離れた所から
眺めていた　あなたは
堪《た》えられなくなり　一度だけ
立ち寄った
たった一言を　あの表情で
私に言うために
だが　その言葉のほんとうの意味は
理解されるのに
長い年月が　かかってしまった

仲間

なんで　笑いこけたか
わかんない
内臓がよじれまくって　苦しくて　愉快で
タイムトラベルした　三人の女子《じょし》
早く亡くなった　友だちも
そばにいてくれた
たぶん
こういう　瞬間を　一晩もてたこと
かけがえのない　しあわせだ

中種子《なかたね》の海

波が　岩に激しく　ぶつかり
大きな　水しぶきとなって　広がるのを
何度見ても　飽きないのは　なぜだろう

一月の風　荒れる波と砕ける音
繰り返し　行われる　はてしない海の呼吸
人が生きて　日本海もうねり
空は　暗雲が立ち込めて
雨を　海面にたたきつける

潮の空気は　旗をゆらし
人はその中で　立ち止まっている

車の中で　建物の中から　透明なガラス越しに
荒れ狂う自然と　向かいあう

空と海と　その間に包まれた空気が
互いに叫びあっている

黒雲の中から　時折のぞかせる青空が
瞬間　光を射して　虹色《にじいろ》になる

風

私の首を　なでていった風も
あなたの頬を　通りすぎて　いくんかな
私の吐いた息も
あなたが　鼻から　吸いこんでくれてるんかな
そしたら　私の目から飛び出した思いも
あなたの瞳が　しっかりキャッチしてくれたら
ラッキーなんだけど

透明人間

あなたが来てくれて
二人で抱き合っていることも
誰も気づかない
私の前でも　消えたり　現れたり
帰り際《ぎわ》に「時々会いましょう」と言って
去っていく時も　消えたり　見えたりで
夢からさめて
泣き叫んでしまった
死んで　しまったかと

どこまでもプラトニック

夢の続きというか
あなたは　私を抱く前に
「僕は　言葉でいい表せないくらい妻を愛しているんです」
と発したよ
何　それって　思いながら
抱きあったんだけど
あなたは　合体する前に　果ててしまうの
それで　二人で声を出して笑いあって
なんて　ふしだらな夢なんだい
そして　どこまで　プラトニックなんだろう

朝七時

今までの私の起床時間は　八時頃
最近　七時頃　目がさめてしまう
ちょっと　眠たいんだけど
あなたが　起きる時間かなって
その起きた　瞬間だけ
私のこと　考えてるのかなって
ただ　老いていく体の現象だったりして
思い込みって　恐《おそろ》しい

桜

まだか　まだかと　待ち焦がれて
やっと咲いた
満開の桜は　かすかな甘さがあふれてる
春の嵐で　吹雪となり
空中を舞う様は
他の木の枝や花と　歩調を合わせた
オーケストラの一部であり
主役となる
ヒトの理想の生き方
年に一度　その期間だけ咲く
潔い花

二章　チビへの想い

チビ1

八年前の六月に　やって来たお前は
もう　私と同じ　中年だ
怒りの声と　喜びのしぐさ　ため息も
人間と変わりない
悲しみの表情も　わかるが
笑った顔だけは　見たことがない
だから　ヒトは　お前達より　長生きするのかな
これからも　ずうっと
そうなのかい？

チビ2

あなたとの散歩　Ｉ公園の遊具の前で
「ここで　楽しく　遊んだよね　そうだよねー　遊んだよねー」
と言わんばかりに　私を見て　ワン　ワン　ワンと
叫ぶ　小雨の中　誰もいない
そして又　遊具の前で
「ワン　ワン　ワン」と
あなたの犬生《けんせい》は　あなたにとって
よかったのだろうか
私達家族の一員となり　過ごした十二年間
あなたが　私達に与えてくれたものは
いっぱいなのに
私達は　あなたに　何をあげれたのだろう

チビ3

あなたがいて　しあわせだった日々
あなたと　共に過ごすことで　一日が
毎日が　豊かになっていった
それとは気づかず　過ごしていたけど
あなたに　気持ちがいきすぎていたのか
何も言わない　動物の心
あなたのほうは　人の気持ちがわかっていたのだろう
人間の身勝手な行動も　すべてを受けとめて
家族の一員として　過ごしてきた
人を咎《とが》めもせず　恨みもせず
一つ一つの事柄を　すべて　一身に
受け止めてきた
なんだろう　ううん　ありがとう

三章　ニガイ想い

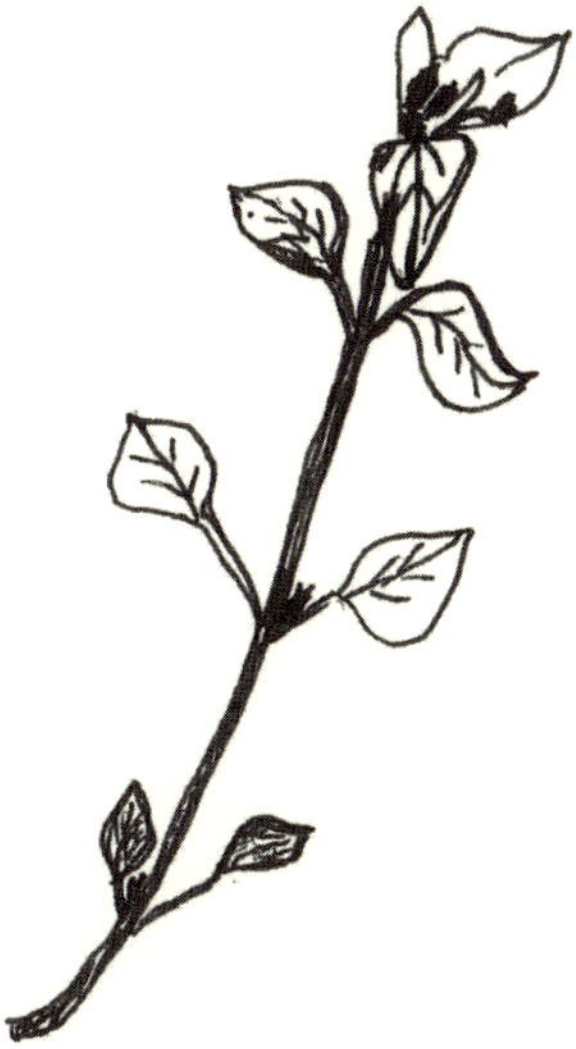

想《おも》い

「奥さん　変わってませんね」　の一言が
唯一正直で　そして又　重くのしかかる私への批判と　受けとめた
昔の　あなたの車の発進のくせも
ちっとも　変わっていなかったですよ
そして　ふと　思いました
昔　流していた　広告の電光板に　ちょっと綴った言葉の切れ端の
たった一人の読者では　なかったかと
会っていた時の　最初の五分で流した
涙の贈り物を
不安と別の想いが入り混じり
まだ　私は　開けることができていない

顔

自分の顔を　むき出しにして
いられた頃が　なつかしい
ことに　結婚すると　いろいろな顔を持たなきゃならない
妻として　又　仕事先で
子供が生まれて　母として　勉強をみたり
学校関係の行事活動とか
自分の時間は　ないに等しい
仕事や家事　子供達との対応で
どんなにくたくたでも
夜には　娼婦の役目も　待っている
私は　いろんな顔を満足に　こなせなかった

アルバイト

夏休みに　新幹線の車内掃除のバイトをした
乗客が降りた後　決められた短い時間で
衿カバー交換　イス・ポケット　灰皿・床のそうじ
私達の仕事が終わって
又、責任者が再度みて回る
ホーム下が　清掃員の待合所であり　道具置場
ゴキブリのように　出たり　入ったりして
新幹線の発着の都度　動き回る
大抵の学生バイトは　昼間のみ

ある時　夜もかけもちでやった
長時間は　若い体でもこたえて
待合所で　短い休憩をとっていたら
メガネの男の子が　近寄ってきた
「君、昼間もやってるよね。夜までやるって、何か相当の目的があるの？」

彼の目は　真正面から私の顔を見た
私は　彼の欲しがっている答は持っていず
ただ　お金が少しでもほしいだけ
とは　言えなかった
目をそらして　黙っていたら
休憩時間は終わった
仕事にもどり　声をかけた彼に対し
返す答えを持っていない自分が　情けなかった

心療内科1

ノートに　しゃべる事を　書き綴った
理路整然と述べて
信じてもらえるように
そして　言葉で発して　練習
先生は「あなたは　おかしくありません」と　言ってくれた
しかし　理解を示した医師でさえ
その地を離れる寸前には
ほんとうのことですかと
問いかけるようになった

心療内科2

同性のドクターなら　わかってもらえるかもと
ネットで探して　通ったが
夫を連れてくるように言われ
同じ車に乗るのさえ耐え難いのに
別々に話をした後　女医は私に言い放つ
「ご主人が仕事を休んでわざわざ　来てくれてるんですよ。ありがたいと思いなさい」
三分診察で　全部伝わっていないと思って
夫との言葉のやりとり　なりゆきを綴ったノートを渡しているはずなのに私は諦めた
夫が亡くなって
「ノートを返してほしい」と　電話したら「預かっていない」と言う
「アルファベットで名前書いてます」と言い返したら一週間後に　ノートが届いた
手紙も添えてあったが　ろくに読まず　捨てた
ノートは読んでいなかったのだろう
待合室は　いつも　沢山の患者で　いっぱいだった

心療内科3

信頼を捨てたから　ざっと話して薬だけほしかった
男性医師は　簡潔に即答する
「女のことはありえるでしょうが　もうひとつのことはね」
というわけで　カルテには被害妄想と書かれてるはず
めんどうだから　主張しない
「それで　今でも　そうされていると感じますか」と愚問が飛ぶ
「いいえ」当人も亡くなってあり得ないだろうと視線で応える
「それは　よかったですね」
「お陰様で」
「でも疲れると　一人になった時落ち込むので　薬がほしいです」
「了解しました」
何年も　こんな感じでやってきたのに　あるきっかけで　フラッシュバックがきた
最初と同じ位　ひどくなり　詳しく話さざるを得なくなる
そして又　簡潔に即答
「要するに　結婚生活に対するトラウマですね　長くなるので　今日はこの位に」

他人事《ひとごと》

昔の敵討《かたきうち》って　復讐だから
くり返してたら　きりがない連鎖
報復の応酬は　断ちきらないと
簡単にはいかないケド
なんとなく　トラウマに似《に》ている
苦しんだ人間が　又不安で別の人間を苦しめる
苦しめられた人を見て　又周りが苦しむ
身の証を明らかにしたら
今の苦しさが　引いていくかもと　ドクターに話すと
「冤罪《えんざい》をはらすことですね、それは建設的でない」と即答された
だからといって　脱却の方法を教えてくれるわけでもない
他人事だもんね
世の中って　うやむやにしたいことが　いっぱいあるんだね
被害者の心は　抹殺される

奨学金

月に一度　職員室のドアを開ける
担任の先生から
封筒に入った二千円の
お金を受け取るために

「ありがとうございます」
頭を下げる時の　職員室の先生方の視線

大学のそれは　月五千円の振込
通帳に印字される金額
公的なお金とはいえ
成人してから返すお金とはいえ
無利息で借りる　という行為が
自分を固く　縛りつけているのを感じた

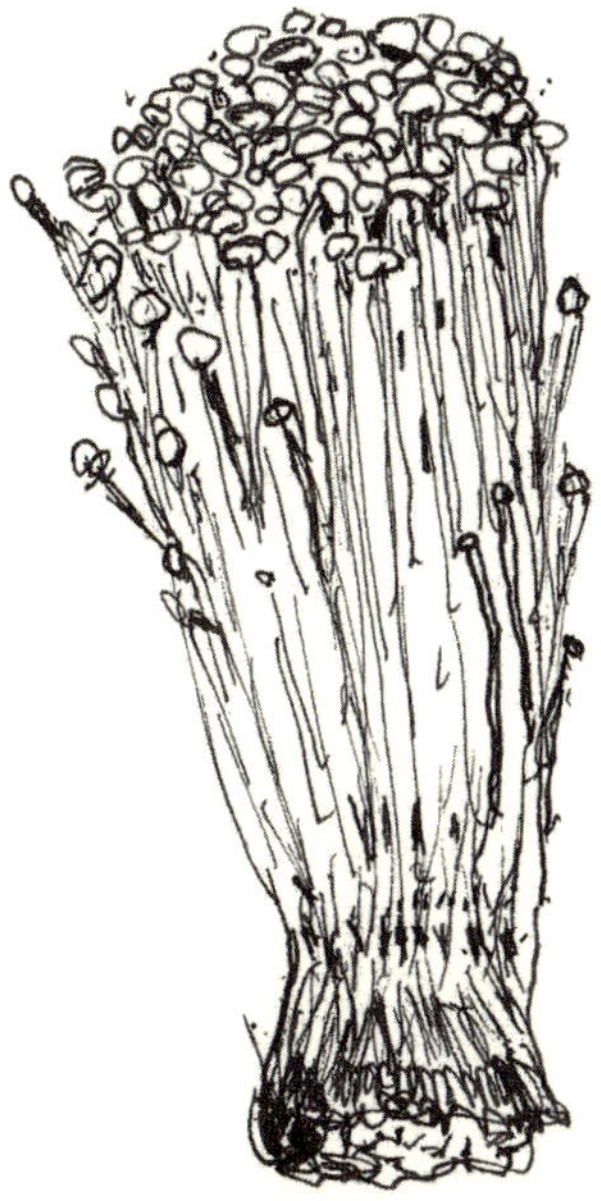

電車の中で

井ノ頭線に乗り換えて　つり革を握ったとたん
話しかけてきた　男の子
「僕　◯◯だよ、君と小さい頃　お医者さんごっこしたよね　覚えてる?」ときた
あんまり突然で　顔も知らない　でも名字には……
小さい頃住んでいた　近所の人の名前だ
遊んだことは記憶にない
しかも　ここは電車の中
「覚えてないです」と答えると
「偶然だね」って
四、五歳の顔がハタチになってわかるんかい?

彼はテンション上がって　今していることや　住んでいる所を話した
今では覚えていない
早く　渋谷に着けばいいと

幼い頃遊んだ記憶が　その子にとっては
忘れられない楽しいものなんだろうが
男の人って　思い出しょって　生きてるんだねって
二十才の私は心の中で彼を笑っていた
けれど　今の私は　彼のこと笑えない

垣根

十三メートル四方に囲まれた所から
心が飛び出して　行けない
安全を守り
変化を置き去りにし
中傷を寄せつけない

頬をなでる風に誘われて
あなたの好きな　樹々達に触れて
青空に浮かぶ　雲を
抱《いだ》こうとしていない

そんな自分に　嫌悪感があふれても
自身　やっぱり　十三メートル四方の中に
留《とど》まっている

風

南側の網戸越しの外から　流れ込む風が
運んでくれるもの
白いレースのカーテンが揺れて
その風が　私の頬を　なでていく時
頭上には　雲った空が広がっているが
鳥たちのさえずり
四月の春の浮き立つ気分は
木々に芽吹く　新芽の先にも
草花の鮮やかな色にも　あらわれて
頼りない体を　忘れさせてくれる

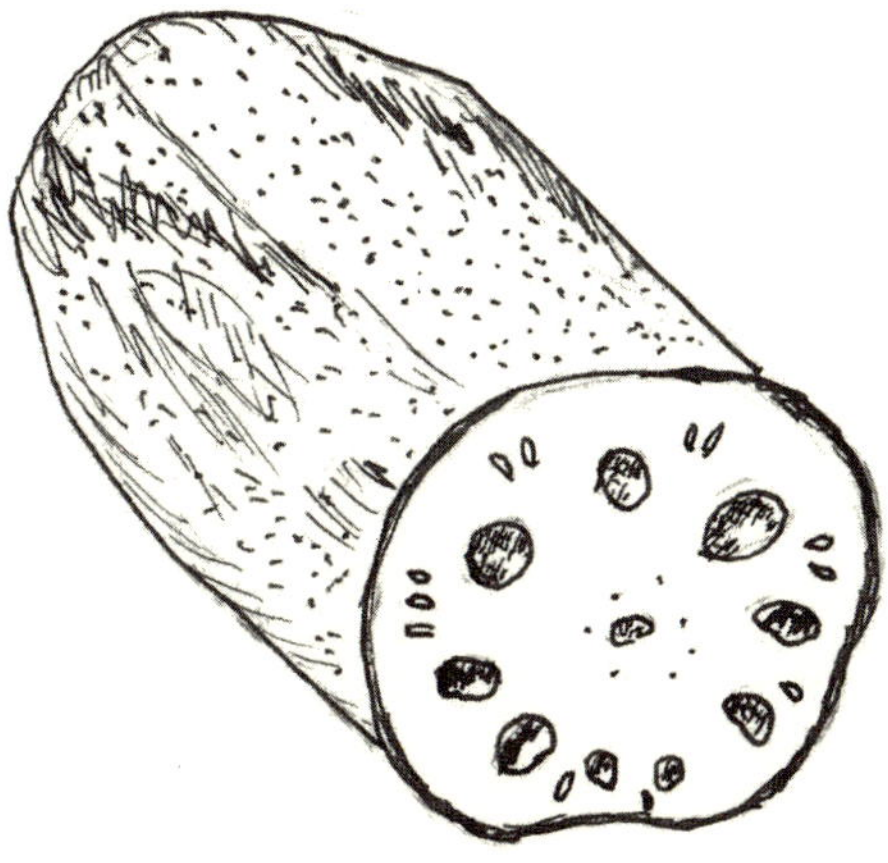

年上の人

仕事で話がうまい人がいた
何回か話すうちに　少しモーションかけてきた
会話の中でだけど
調子を合わせて「プラトニック・ラブがしてみたいけど」とかわしたら
「今さら　プラトニックなんて」と言いながら
目線は私の顔と胴体を行ったり来たり
なんか　ちょっと　違和感がした
それでも　夫がいなくなり　気持ちが行き詰まってたこともあり
会って　食事をしたり　一泊旅行もした
同じ部屋で　彼は亡くなった奥さんの話をした
彼女は　彼が仕事から帰ってくるくつ音を聞いて
胸がどきどきするって言っていた
彼の了解を得て　仕事を決めたのに
土壇場で　やっぱり彼が止めたこと等
そんな話を聞いて　彼女の気持ちを想像したら

頭の中で彼女の思いがぐるぐる回り始めた
息苦しくなって　自分の部屋に戻った
だから　彼とは結局　友達未満
最近　電話したら
「そうか、フラッシュバックか　君も大変だね」って切られた
いつまで　立ち止まっているんだいと
笑われた気がした

もう一人の私

冷静に考えて　あなた
一言の人は少しちがうけど
その他大ぜいは　すでに夫のしてたこと　わかって
あなたを　眺めていたはず
一言の人は　良心に耐えかねて
憐れみを付加していたに　すぎないよ
だから　呼び出して聞いても
誰も　本当のこと　言おうとしない
あなたが　一番つらい時
ここの関係者は　誰ひとり　力を貸して　くれなかったはず
遠くにいる友人と身内　そして愛犬だけが　頼りだった
すべてが　夫の加担者
一滴の涙に　迷ってはいけない
早く　そんな所から出て行かないと
いつまでたっても　治らないよ

良心

ヒトが　当たり前に　持っているものだと
信じてたけど
そうではなかったんだ
皆　大なり小なり傷つけ合って　生きているから
自然淘汰《とうた》的に　楽観視していいのかい
「ガス燈」を見た　マーサがサンプルとして　挙げていたから
結婚したての新妻が　夫の手の内で
体調をくずしていく
夫の目的は　平凡なストーリーだが
妻を陥れていく様と　罠にはまっていく　バーグマンの演技が迫力
映画では　王子様的人が現われ　ハッピーエンドだが
現実には　ムリだから
わかってもらえない苦しさは
何倍にも　膨《ふく》れ上がる

味方

使った時間　結婚生活〇年　プラス残務処理期間
残ったもの　頼りない体　子供
そして　トラウマ
三つ目の財産を　どうしていこう
マーサ・スタウトは「おかしい人を見分ける心理学」にて著《あらわ》す
「トラウマから回復した人々が、私達の多くがあまり真剣に考えることもない
哲学的な概念を深く理解するようになるという
事実……その概念とは「真実の認識」である
……中略……
そのお陰で人は誰かを信頼する心を取り戻し生きる価値を見出す
……中略……
トラウマを負った人々から学ぶことができる」
少し時間はかかるけど　マーサの言葉が
ほんとうね　と　うなずけるよう
トラウマを味方にして　歩いていかなきゃ

マーサ・スタウト

サイコパスって　狂暴な犯罪者だけのことではない
ごく普通の人の中に　混じっている
今の社会で　家族をもたないと
認められないから自分の支配欲を満足させるために
相手は　誰でもよかった
家族は　道具にすぎない
社会に必要なプラス要素を
彼らは武器として使う
共感　性的きずな　権威の役割など
生まれついての役者である
人の心の動きを理解する能力に　欠けている
女性を何だと思っているの？
と聞いた時「ものだ」と　答えた

そして

そうだ　だから　私はトラウマなんかに
浸っては　いられない
沢山の　大好きな人を作って
その人たちと接して
楽しい時間を　とり戻さないと
残された時間は　そう多くないし
気が付くのが　遅かったけど　仕方ない
これからが本番
重い荷物を　少しずつ降ろしていこう
目の前を　きちんと　見渡せるように

四章　彼らへの想い

漱石様1

結婚って　最初は二人とも真白だって
思ってたけど
必ずしも　そうじゃないんだね
百年以上前のあなたも　未完「明暗」で書いていた
胃が痛くなる程　読んでいる方も
書いている方も
心の奥底の長い襞《ひだ》の部分を
よくもまあ　と言いつつも
やっぱり　生きてて完成した続きが
読みたかったと
貪欲な読者のひとりとして思う
命　削《けず》って　追い込んで　仕事した
漱石さん
あなたは　やっぱり　百年に一度の人です

漱石様2

現在　技術が発達して
東大の医学部に残っている
あなたの脳の一部で
クローンが出来て　あなたが創り出せるとしたら
一番最初の仕事は「明暗」の続きです
中途で止まった原稿　生き返らせて下さい
そして　今の日本を描いてもらえませんか
何　むずかしい顔で考えこんでますか？
電車が　昔よりうるさく通り
車も桁《けた》ちがいに多いからって目眩《めまい》がする？
やっぱり　明治にもどりたいんかな
そう言わないで　あなたの目で見た
今の日本と世界を
私達に　発信してほしいな
多くのあなたのファンのために

手紙

最近　書いた手紙
たぶん　どちらも返事はこない
いいんだ
きっと　二股かけてるから
漱石さん　怒らないでね
どちらも　私の頭の中に　返事が届くんだろうか
すき間を　うーんと開けて
ポスト用意しときます
そして　届いたら　忘れないうちに
文字にして　したためておかないと
受け取った？　って
聞いてきたら　返答に困ってしまうから

憐《あわ》れみ

Pity is akin to love

「三四郎」の漱石　のたまう
まだ　スタートのピストルも
発射されていないのに
よく言うよ

陥缺《かんけつ》のない社会

「三四郎」にて
「どんな社会だって　陥缺のない社会はあるまい」
「それはないだろう」
お互いが　どれだけ　自然であったとしても
立場をみると　世間は　勝手に推測するものだ

「坊ちゃんの」清《きよ》が言う
「清が死んだら　坊ちゃんのお寺へ埋めてください。
坊ちゃんが来るのを楽しみに　待っております」
最初読んだ時　気持ち悪いと思った
しかし　漱石の描いた坊ちゃんは　清のことが大好きなのである

最近感じている　漱石の究極の恋愛の形《かたち》は
恋人でもなく　夫婦でもなく　親子でもない
年のすごく離れた　重圧がない

気持ちだけが　通う関係なのかなって
頭のいい人は　いくつもの恋愛を
頭の中で　やってしまうからね
私はそこまで　高尚になれないけど

俊太郎様

若い頃から　彼の詩が好きだった
「うつむく青年」を　好きな子にプレゼントしたこともある
わかりやすくて　スウーッと　心に入ってくる
お仕着せでない所　そして
人を気分よくさせること
だが、私が中年の時　俊太郎は
「母の恋文」を出した
高名な哲学者である父と　現代詩の第一人者の息子
その陰に　かくれた母親の存在
夫に次々と　愛人ができて
自分との接触がなくなり
寂しさで　夫の衣類を抱いて　オナニーしたことを　告白する部分
思わず　泣いてしまった
彼女が先に亡くなり　生きている夫が
鎮魂歌を作った

その中に「秀れた　ハウスキーパーであった」という所にきて
腹が立って　本を押入れの奥へ投げ入れた
こんな女には　なりたくないと
しかし私も　終わってみれば　彼女とおんなじだった
勇気ある出版かもしれないが
母親である彼女を一人の女性とみたら
耐えられなかった
でもひとつ　わかった
俊太郎の詩には　母親のＤＮＡが　八十パーセント入っています

両替

現在仕事場で　小銭紙幣が必要な時
銀行に出向き　一定以上は　手数料払い交換する
郵便局は未だ無料　数多いとずっしり肩にくる
昔は依頼すると　持って来てくれた
サービスで
うちの職場だけでないから
ある日黒い大きなカバンを　持たせてもらったら
あまりに重くて　敬服した
それに甘えている自分が　少し恥ずかしかった
いつも明るく　人の顔色を覗きこむ仕草もない
ある作品で漱石が言っていた
自分より強いものを倒す　柔らかい武器になる愛嬌と言うものを
彼は持っていた
それによってしなやかに　人を制していくだろうと
だから　時期がきたら　きっと立場が逆転する

五章　家族への想い

トタン屋根

真夜中　トタン屋根にあたる雨音で　目が覚めた
耳に入ってくるその音は　三十年も前の私を連れてやって来た
東京の片隅の　古ぼけた赤茶色のトタン屋根の下での　おさげ頭の私
狭くて　暗い台所で　母が作る餃子を　しゃがんで　手伝っていた
いつの間にか　年の離れた従兄《いとこ》が立っていて
私たちに向けた視線に　体中走った羞恥《しゅうち》を　今でも　覚えている
井戸水を　カッチャン　カッチャン　汲《く》んで生活していた時
懸垂《けんすい》が　クラスで一番だった
水道が引かれて　ひねるだけで水が飛び出した時　ほんとうに　感激した
蚊屋《かや》の中で見る　テレビのサーカスは
電気を消したくらやみで　凄《すご》さが増した
雨の日は　トタン屋根に当たる音で
心が落ちつき　本を読んだり　絵を描いたり　夢中になれた
忘れかけた　この雨音は　今の私に　何を諭《さと》してくれるのだろう

ももの言葉

お母さんは　忙しいって
私のお話　最後まで　聞いてくれないの
ひとりで　ひよこさんのお墓に　お花をあげて
シャベルで　土を盛っていたら
「ももちゃーん」って呼ぶ　お母さんの
声がした
お顔をあげたら　お空が赤くなっていて
きれいだったよ
ひよこさん　ごめんね

あなたに

絵本を見ていると　幼い頃の自分が蘇《よみがえ》ってくる
母のぬくもりに包まれて　何べんも同じ本を　読んでもらったこと
年老いた義母と話していると
離れた所から　小生意気な私を　見守ってくれた祖母を思い出す
遠方より　いつも南部せんべいを送ってくれた
甘くも辛くもない　この素朴な味は
今から思えば　祖母の混じり気のない
心そのものだったような気がする
口紅を見つめていると　成人の日に
兄から貰《もら》った時の言葉が　浮かんでくる
「ちょっとは　女らしくしないと……」
月日が過ぎて　女らしくなるのに
十年かかって　しまった
古びた　私のスナップを眺《なが》めていると
この笑顔を　作らしめた

多くの　私をとり囲んでいた人たちの
暖かさを思う
決して　一人では　創《つく》れなかった
一人一人のあなたがいて　あの時の笑顔が
あったのだと
そのお礼の気持ちが　今　別のあなたに
届きますように……

拝啓　弟へ

あけまして　おめでとう

あなたが　送ってくれた　蟹《かに》　おいしかったです
ほおばりながら　ふっと　あの時の私たちを　思い出しました
私が作った　お弁当箱には　ごはんの上に
たまねぎと玉子の炒《いた》めもの
それだけのおかずが　クラスで一番　少なかったと　笑われたこと
なんでも　あの時　学校でおかずの重さを
計ったとか　言ってましたね
あの時の　あなたの言葉が　懸命に作った
小五の姉にとって　惨《みじ》めさと悔《くや》しさで
こらえた涙が　頭の隅に　焼きついてます
覚えていますか？　二人で　ささやかな小《こ》遣《づか》いをためて
母親に　ちり紙を　プレゼントしたこと
当時　新聞紙は　いろんな役目をしていましたね

しかし　こんな　つまらない記憶が
今の私の生活の　バネになっているとしたら
衣食住が欠けていた　あの頃とちがい
行き届いた　豊かさの中で　今の子供達の
顔の輝きは　少し足らないように思えます
とにかく　家族全員　おいしく頂きました
私だけは　ほろ苦《にが》さが　加わりましたが
どうぞ　今年も　お元気でお過ごしください
草々

母

むいた桃を　まるごと頬ばるし
お腹は　すいていないかいと　声をかけてきて
皺だらけの手は　私の手をかたく握り返した
上肢と下肢は　九十度に曲がり
歩けなくなって　どの位たつだろう
華やかな新婚時代から　終戦前後をかけぬけて
子供を育て　生き生きと働いた
いつだって　分身を　見守り続けていたのに
老いの体と哀しみと　子供等への葛藤をかかえ
一人住《ず》まいのアパートで
毎日　みそ汁を作っていた
施設で暮らす今　心は何と向きあっているのか
眠りこけながらも　スプーンを離さない

父

父は酒を飲むと　亡くなった仲間のことを
話した
捕らわれの身の　陰惨な思い出を
しかし　子供の目が　光っているのに気づくと　そこで止めた
死ぬ少し前に島に帰りたいと　母に漏《も》らした
夢を見たのだと言う
父と父の父と父の祖父三人が　船に乗って　魚つりをしていたと言う
子供のために　島を離れた父は
子供のために　島に帰れなかった

セラピスト

子育てで忙しい時　話しかけてきた夫
「小さい頃親から　お前はうちの子じゃないと言われた」
仕事と育児で　てんてこまいの最中
「そりゃそういういい方するときもあるよ」
笑って聞き流した
子供が小・中・高と学校関係や家庭学習で
仕事もあるし
そんな時にも　同じ事を言ってきた
「親の虫の居所が悪かったかもね」
三回目ぐらいになると
「こだわりすぎじゃない?」
相手の顔を　みつめていただけだった
その夫の父が亡くなる前　身内から
何度も来るよう連絡あったのに
自分の体調が悪いと　動かなかった

三、四日して　亡くなったと知らせが届く
食器棚に手をかけながら　夫と背中合わせの位置で　斜めにして横顔みたら
口元が笑い
「そろそろ　したくしようか」と言った
寒気が走った
その後　夫は言わなくなった
私も盗み見した横顔のことは
言わずじまい
夫の親子関係の真偽は　わからない
だが夫は　その点のトラウマを背負っていたから
妻の私に対して　必要以上の囲いを
していたのかもしれないと
私は　夫のセラピストになってあげられなかった

記憶

新婚旅行から　帰ってきた翌日　夫は言う
「好きで　お前をもらったんじゃない」
その時から　頭の中に　いくつもの引き出しが必要になった
前に進んでいくために
でも　ある時　引き出しが満杯になったんだろう
ひとつ　ひとつ　飛び出してきた
それは　言葉と　表情と　動きを伴って
まるで短い動画のように
それは小さい頃から　だったかもしれない
大事な事だから　私が自分を見つめるために
神様が与えてくれた力《ちから》　絶対に忘れてはいけないと
だけど　その力が　今の私を苦しめている
その時　はっきり気づかなくて
後でわかっても　しかたないよね

判断力・決断しての行動は
やっぱり　私に欠けていたから
このざま　なんだ

誕生日

誰でもよかった　けど
誕生日が　同じだったから
結婚したみたい
だから　私も
私の誕生日に　ここから立《た》つ

最期《さいご》

言いあいの最中《さなか》
「お前が死ぬ時に　俺がほんとうに好きな女の名前を　教えたるわ」
と言った
あなたが　救急車の中で
まだ意識がある時に
「あなたのことが　好きでなかった」と
言いたかったが
言えなかった
救急隊員が　そばに居たからね

六章　あの頃への想い

夕立ち

蟬しぐれの中で　とけかけたキャンディを
ほおばっていたのは　ついこの間のこと
強い日差しの下で　あれこれと思いをはせ
動きまわり　何度　立ち止まったことだろう
涙したあの夏　今　夕立の激しく
土をたたく音に　耳を澄ますと
空と　木と　土が　手を取り合って
ダンスをしているような
ゆかいな　気分になってしまう

あじさい

雨の中では　心が透明になる
霧雨に　うたれたあじさいは
少女の頃の　あなたに　似ている
誰でも　ほんの少しだけ
降りしきるものの間に　たたずむと
時がもどっていく
そうして　雨があがった　その瞬間
妖精たちの　笑い声が聞こえる
空が　みえた

花模様

バスから降りると　いつもあの人に出会う
ひまわりの花が咲いたような　明るさで
すれ違い
電車の中で　長い髪を束ねた　女の人が
つり革を　しっかり握りながら
窓の外を　見つめていた　桔梗《ききょう》のような
気高さで……
駅から　学校まで　歩いて十分《じゅっぷん》
今日は　鳳仙花《ほうせんか》のようなおしゃべりの友人の相手をしよう
四角い顔の古典の先生の授業は
夢ごこちの　グラジオラス
クラブの終わった後に会う　夕暮れ時のあの人は　いつも疲れた顔のサルビアの花
家に帰ると　菊の香りが　つんとした
明治生まれの　父の背中が見えて
彼岸花《ひがんばな》のような　祖母がいた

仕事帰りの母が　黙って台所に立った
睡蓮《すいれん》のごとく
いくつもの草花に囲まれた　少女の頃と
違い　百合《ゆり》のきつさや　薊《あざみ》の中傷に
時には　涙ぐんだりするが
四つ角の山吹に　励まされ
できるなら　私は　崇高な鉄仙　とまではいかないが
雨の中で　咲き誇《ほこ》る　額紫陽花《がくあじさい》に
なれたらと

郵便配達員

高一の時　当時唯一《ゆいいつ》許されている
郵便局でのアルバイトをした
手紙やはがきの仕分け作業

郵便番号制がない時代
一枚一枚　住所をみて
仕切りのある壁に　入れていく
立ち通しの作業
教えてくれた　男性職員と交《かわ》した
地味な会話と笑顔の中に
彼らの謙虚さと　裏方の仕事への
プライドを感じた

一定期間働いて　初めてもらった報酬
最後の日　その人が差し出した　一本の牛乳瓶に

仕事への勤勉さと　仲間へのいたわりと
未来の私への応援を　もらった
彼らは　小学生の私が抱いていた思いを
十六才の私にも　決して裏切らなかった

変化

クリームソーダの味が　変わった
汗を流した後　水を打った店先ののれんをくぐると　扇風機が　回っていた
硬い椅子に　腰掛けると　一口飲んだソーダが　体中をかけめぐった
汗をふきつつ　つかの間の涼《りょう》を　楽しんだ
今　空調のきいた空間で　半分飲むのが　やっと
トマトの味も　土の香りも
風の心地よさも　そして人の心も
変わろうとしているのだろうか

ある日

枝豆が　煮たっている
ポットが沸いている
換気扇も　回っているのに　暑い夜
犬がベランダで　鳴いている
いつもと変わらない風景だが
あなたは　いない
もう永久に　帰らない人
私も　いづれ　同じようになり
子供達は　忘れていくことで
日常を　とり戻すことだろう

大事なこと

小学三年生くらい　クラスで好きな男の子がいた
いつも沢山　おしゃべりしていたのに
五、六人のグループになった時
私が　いきなり「加藤君のこと　好きだよ」
って　言ってしまった
彼は後ろ向きだったけど　顔を真赤にして
怒って　しまった
それ以来　口をきいてくれなくなった
この時　学習したよ
大事なことは口に出して言ってはいけないんだと
だけど人間は　猿より劣っているんだね
同じまちがい　くり返してしまうもの

あとがき

大分先のことになるんだろうが
今の私があるのは　出会ったすべての人達のお陰だね　と　いつか言えるようになりたい

【著者紹介】
Akiko Smith（アキコ　スミス）
主婦。

交差点《こうさてん》

2016年8月23日　第1刷発行
2025年5月20日　第2刷発行

著　者　Akiko Smith
発行人　久保田貴幸

発行元　株式会社 幻冬舎メディアコンサルティング
〒151-0051　東京都渋谷区千駄ヶ谷4-9-7
電話 03-5411-6440（編集）

発売元　株式会社 幻冬舎
〒151-0051　東京都渋谷区千駄ヶ谷4-9-7
電話 03-5411-6222（営業）

印刷・製本　シナジーコミュニケーションズ株式会社

検印廃止

Printed in Japan
ISBN978-4-344-99471-3　C0092
幻冬舎メディアコンサルティングHP　http://www.gentosha-mc.com/